Ballades en jargon

François Villon

I

A Parouart le grant mathegaudie

Ou accolez sont duppez et noirciz

Et par les anges suivans la paillardie

Sont greffiz et prins cinq ou six

La sont bleffleurs au plus hault bout assis

Pour le eviage et bien hault mis au vent

Escheques moy tost ces coffres massis

Car vendengeurs des ances circoncis

S'en brouent du tout a neant

 Eschec eschec pour le fardis.

Broues moy sur ces gours passans

Advises moy bien tost le blanc

Et pictonnes au large sus les champs

Qu'au mariage ne soiez sur le banc

Plus qu'un sac n'est de plastre blanc

Si gruppes estes des carieux

Rebignes moy tost ces enterveux

Et leur monstres destrois le bris

Qu'enclaves ne soies deux et deux

 Eschec eschec pour le fardis.

Plantes aux hurmes vos picons

De paour des bisans si tres durs

Et aussi d'estre sur les joncs

Enmahes en coffres en gros murs

Escharices ne soies point durs

Que le grand Can ne vous face essorez

Songears ne soies pour dorez

Et babignes tousjours aux ys

Des sires pour les desbouses

 Eschec, eschec pour le fardis.

Prince froart des arques petis

L'un des sires si ne soit endormis

Luez au bec que ne soies greffiz

Et que vos emps n'en aient du pis

 Eschec, eschec pour le fardis.

II

Coquillars en aruans a ruel

Men ys vous chante que gardes

Que n'y laissez et corps et pel

Qu'on fist de Collin l'escailler

Devant la roe babiller

Il babigna pour son salut

Pas ne scavoit oingnons peller

Dont l'amboureux luy rompt le suc.

Changes voz andosses souvent

Et tires tout droit au temple

Et eschiques tost en brouant

Qu'en la jarte ne soiez emple

Montigny y fut par exemple

Bien ataches au halle grup

Et y jargonnast il le tremple

Dont l'ambourex luy rompt le suc.

Gailleurs bien faitz en piperie

Pour ruer les ninars au loing

A l'asault tost sans suerie

Que les mignons ne soient au gaing

Farciz d'un plumbis a coing

Qui griffe au gard le duc

Et de la dure si tres loing

Dont l'ambourex luy rompt le suc.

Prince, arriere du ruel

Et n'eussies vous denier ne pluc

Qu'au giffle ne laissez l'appel

Pour l'ambourex qui rompt le suc.

III

Spelicans

Qui en tous temps

Avances dedans le pogoiz

Gourde piarde

Et sur la tarde

Desbousez les pouvres nyais

Et pour soustenir voz pois

Les duppes sont prives de caire

Sans faire haire

Ne hault braire

Metz plantez ilz sont comme joncz

Par les sires qui sont si longs.

Souvent aux arques

A leur marques

Se laissent tous desbouses

Pour ruer

Et enterver

Pour leur contre que lors faisons

La fee les arques vous respons

Et rue deux coups ou trois

Aux gallois

Deux ou trois

Nineront trestout au frontz

Pour les sires qui sont si longs.

Et pour ce bevardz

Coquillars

Rebecquez vous de la montjoye

Qui desvoye

Vostre proye

Et vous fera du tout brouer

Par joncher

Et enterver

Qui est aux pigons bien chair

Pour rifler

Et placquer

Les angelz de mal tous rons

Pour les sires qui sont si longs.

De paour des hurmes

Et des grumes

Rasurez voz en droguerie

Et faierie

Et ne soiez plus sur les joncs

Pour les sires qui sont si longs.

IV

Saupicquez frouans des gours arquez

Pour desbouses beaus sires Dieux

Alles ailleurs planter voz marques

Bevards vous estes rouges gueux

Berart s'en va chez les joncheurs

Et babigne qu'il a plongis

Mes freres ne soiez embraieux

Et gardez les coffres massis.

Si gruppes estes des grappez

De ces angelz si graveliffes

Incontinant mantheaulx et chappes

Pour l'emboue ferez eclipses

De vos farges feres besifles

Tout debout nompas assis

Pour ce gardes d'estre griffez

En ces gros coffres massis.

Niaiz qui seront attrappez

Bien tost s'en brouent au halle

Plus n'y vault que tost ne happes

La baudrouse de quatre talle

Destires fait la hirenalle

Quant le gosier est assegis

Et si hurcque la pirenalle

Au saillir des coffres massis.

Prince des gayeuls les sarpes

Que vos contres ne soient greffiz

Pour doubte de frouer aux arques

Gardes vous des coffres massis.

V

Joncheurs jonchans en joncherie

Rebignez bien ou joncherez

Qu'Ostac n'embroue vostre arerie

Ou accoles sont voz ainsnez

Poussez de la quille et brouez

Car tost seriez rouppieux

Eschec qu'accolez ne soies

 Par la poe du marieux.

Bendez vous contre la faerie

Quant vous auront desbouses

N'estant a juc la rifflerie

Des angelz et leurs assoses

Berard si vous puist renversez

Si greffir laisses vos carrieux

La dure bien tost ne verres

  Par la poe du marieux.

Entervez a la floterie

Chanter leur trois sans point songer

Qu'en astes ne soies en surie

Blanchir vos cuirs et essurgez

Bignes la mathe sans targer

Que voz ans n'en soient ruppieux

Plantes ailleurs contre assegier

  Par la poe du marieux.

Prince bevardz en esterie

Querez couplaus pour ramboureux

Et autour de vos ys luezie

  Par la poe du marieux.

VI

Contres de la gaudisserie

Entervez tousjours blanc pour bis

Et frappes en la hurterie

Sur les beaulx sires bas assis

Ruez des fueilles cinq ou six

Et vous gardes bien de la roe

Qui aux sires plante du gris

Et leur faisant faire la moe.

La giffle gardes de rurie

Que voz corps n'en aient du pis

Et que point a la turterie

En la hurme ne soies assis

Prens du blanc laisse du bis

 Ruez par les fondes la poe

Car le bizac avoir advis

Fait aux beroars faire la moe.

Plantez de la movargie

Puis ca puis la pour l'urtis

Et n'espargne point la flogie

Des doulx dieux sue les patis

Voz ens soient assez hardis

Pour leur advancer la droe

Mais soient memoradis

Qu'on ne vous face faire la moe.

Prince qui n'a bauderie

Pour eschever de la soe

Danger de grup en arderie

Fait aux sires faire la moe.

VII

En Parouart, la grant matte gaudye

Ou accolez sont caulx et agarciz

Nopce ce sont, c'est belle melodie:

La sont beffleurs au plus hault bout assis,

Et vendengeurs, des ances circoncis

Comme servis, sur ce jonc gracieux,

D'ance plaisant et mes delicieux.

Car Coquillart n'y remaint grant espace

Que, vueille ou non, ne soit fait des sieurs;

Mais le pis est mariage − M'en passe !

Reboursez tous, quoy que l'en vous en dye,

Car on aura beaucoup de vous mercys.

Ronde n'y vault ne plus qu'en Lombardie.

Eschec, eschec pour ces coffres massis !

De gros barreaulx de fer sont les chassis.

Poste a Gautier e serez un peu mieulx.

Plantez picons sur ces beaulx sires dieulx;

Luez au bec que roastre ne passe,

Et m'abatez de ces grains neufz et vieulx.

Mais le pis est mariage − M'en passe !

Que faites−vous ? Toute menestrandie

Antonnez poiz et marques six a six

Et les plantez au bien en paillardie:

Sur la sorne que sires rassis,

Sornilles moy ces georgetz si farciz,

 Puis eschequez sur gours passants tous neufz.

De seyme oyez, soiez beaucoup breneulx.

Plantez vos hiscz jusques elle reppasse,

Car qui est grup il est tout roupieulx,

Mais le pis est mariage − M'en passe !

Prince planteur, dire verte vous veult:

Mais Coquillart, pour les dessuditz veult

Avant ses jours piteusement trespasse,

Et a la fin en tire ses cheveulx.

Mais le pis est mariage − M'en passe !

VIII

Vous qui tenez vos terres et vos fiefz

Du gentil roy, Davyot appele,

Brouez au large et vous esquarrissez

Et gourdement aiguisez le pelle

[Loing de la roue ou Bernard est alle]

pour les esclos qui en peuvent issir,

Voyez ce jonc ou l'en fait maint souppir:

Mines taillez et chaussez vos besicles,

Car en aguect sont, pour vous engloutir,

Anges bossus, rouastres et scaricles.

Coqueurs de pain et pommeurs affectez,

Gaigneurs aussi, vendengeurs de coste,

Belistriens perpetuels des piez.

Qui sur la voue avez lardons clamez

En jobelin ou vous avez este

Par le terrant pour le franc ront querir

Et [qui] aussi pour la marque fournir

Avez tendu au pain et aux menicles,

Pour tant se font adoubter et cremir

Anges bossus, rouastres et scaricles.

Rouges goujons, fargets embabillez,

Gueux gourgourans par qui gueux sont gourez,

Quant a brouart sur la sorne abrouez,

Levez les sons et si tastez lesquelz,

Qu'il n'y ait anges desclaus empavez

En la vergne ou vostre han veut loirrir,

Car des sieurs pourriez bien devenir

Se vous estiez happez en telz bouticles:

Pour tant se font ataster et cremir

Anges bossus, rouastres et scaricles.

 Prince, planteurs et bailleurs de saffirs

Qui sur les dois font la perle blandir,

Belistriens, porteurs de vironicles,

Sur toutes riens doivent tel gens cremir

Anges bossus, rouastres et scaricles.

IX

Un gier coys de la vergne Cygault,

Lue l'autryer en brouant a la Loirre,

Ou gierement on macquilloit riffault;

Et tot a cop veis jouer de l'escoirre

Ung maquonceau a tout deux gruppelins,

Brouant au bay, a tout deux walequins,

Pour avancer au solliceur de pye.

Gaultier lua la gauldrouse gaudye,

Et le marquin, qui se polye ey coinsse,

Babille en gier en pyant a la sye,

Pour les duppes faire brouer au mynsse.

Apres moller lue ung gueux qui voult

Pour mieux hyer desriver la touloire,

C'est pour livrer aux arques ung assault

De missemont maquilles a l'esquerre.

Puis dist ung gueulx :«J'ai paulme deux florins. »

L'autre pollist marquins et dollequins

Et la marque souvent le gain choisit.

Adraguangier puis dist, le mieulx fourny,

«Picquons au veau, saint Jacques, je m'espince.

Eschequer fault quant la pye est juchie

Pour les duppes faire brouer au mynsse. »

Puis dist ung gueulx qui pourluoit en hault:

«J'ai paulme tout le gain de ma choirre,

Et m'a joue la marque du giffault

J'en suis mieult prins que vollant a la foire

Elle est brouee envers ses arlouys;

C'est tout son fait que d'engandrer les gains

A hornangier, ains qu'elle soit lubie.

De la hanter ma fueille est desgaudie;

Quant de gain n'ay plus vaillant une saince

Mais tous jours est gourdement entrongnie

Pour les duppes faire brouer au mynsse. »

Prince gallant, quant vous sauldrez la hye,

Luez la grime s'elle est desmaquillie

Et retrallez se le bizouart saince

Qu'elle ne soit de l'assault de turquie,

Pour les duppes faire brouer au mynsse.

X

Brouez, benards, eschequez a la saulve,

Car escornez vous estez a la roue.

Fourbe, joncheur,chacun de vous se saulve,

Eschec, eschec,coquille si s'embroue !

Cornette court, nul planteur ne s'il joue !

Qui est en plant, en ce coffre joyeulx,

Pour ces raisons il a, ains qu'il s'escroue,

Jonc verdoiant, haure du marieux.

Maint coquillart, escorne de sa sauve

Et desbouse de son ence ou poue,

Beau de bourdes, de blandy de langue fauve,

Quide au rond faire aux grimes la moue,

Pourquarre bien affin qu'on ne le noe.

Couplez vous trois a ces beaulx sires dieux,

Ou vous aurez le ruffle en la joue

Jonc verdoiant, haure du marieux.

Qui stat plain en gaudie ne se mauve.

Luez au bec que l'en ne vous enclous !

C'est mon advis tout conseil sauve

car quoy aucun de l'assault ne se loue:

La fin est telle que de l'oue,

Car qui est au grup il a mais c'est au mieulx

par la vergne tout au long de la voue

Jonc verdoiant, haure du marieux.

Vive David ! saint archquin la baboue !

Jehan mon amy, qui les feuilles desnoue !

Le vendangeur, beffeur comme une choue,

Loing de son plain, de ses flos curieulx.

Noe beaucoup,dont il recoit fressoue,

Jonc verdoiant, haure du marieux.

XI

De devers quay par un temps d'ivernois

Veiz abrouer a la vergne cygault

Marquez de plant, dames et andinas

 Et puis merchants, tous telz qu'au mestier fault

....

Gueulx affinez, allegrins et floars,

Mareus, arves, pimpres, dorelotz et fars,

Qui par usaige a la vergne jolye

Abrouerent au flot de toutes pars

Pour maintenir la joyeuse folye.

Pour mieux abbatre et oster le broullart

Adraguerent de Grenoble maint crupault

De rumatin et puis molt sives gras;

Crouge marir sans avancer ravault,

....

Babillangier sur tous fais et sur ars

Tant qu'il n'y eust de l'arton sur les cas,

Brocquans, dorelots, grain, guain, aubeflorye,

Que tout ne fust desploye [et] en pars,

Pour maintenir la joyeuse folye.

Pour mieulx polir et desbouser

On polua des luans bas et hault

Tant qu'il n'y eust de vivres en caras;

Puis feist on faire a saint arquin un saut.

Apres, doubtant de anges l'assault,

On verroulla et serra les busars

Pour mieux blanchir et desbouser coquars.

La ot un gueulx son endosse polye,

Qui puis alla emprunter aux lombars

Pour maintenir la joyeuse folye.